子ども詩集　東京の子

先生、こんどはあてて

～教室に広がる子どものホンネ、子どもの願い～

東京作文教育協議会・編

本の泉社

この本を読んでくださるみなさまへ

あのおしゃべりなかわいい口を、しっかりマスクで覆う生活も、もう四年目。大丈夫でしょうか。子どもたちは、言いたいことが言えているでしょうか。思いを吐き出せているでしょうか。「早く、マスクを外して、おもいきり遊びたい。」と叫んでいるのではないでしょうか。

コロナで学校は一変しました。突然の休校だったり、黙食だったり…。でも、大事なことにも気づかせてくれました。密を避けるための分散登校で、子どもたちに丁寧にかかわれる少人数学級の大切さです。一人ひとりに向き合う、本来の先生の仕事、魅力的な教師の仕事をしたい、しなければならない強い願いです。

私たちは、この時代だからこそ、子どもの声を、子どもの思いを、たくさんの大人や子どもに届けたいと思いました。子どもたちの思いがいっぱい詰まった「子ども詩集」をつくりたいと思いました。毎年発行の子ども文詩集「東京の子」から、これまでの「ないしょみつけちゃった」「11年目のランドセル」に続く、三冊目の子ども詩集です。詩を書いたのは東京の各地に暮らす子どもたちです。子どもの本音が詰まった詩集、子どもたちが読んでみたくなる詩集を目指しました。

そして、初めて詩の授業をやってみようという方へ、少しでも役に立ちたいと願い「Q＆A」のページをつくりました。どうぞご活用ください。

子どもたちの幸せな未来を願って、ご一緒に学んでいきましょう。

東京作文教育協議会児童詩集編集委員会　佐藤保子

目次

目次

＊　初めて児童詩の指導をやってみようという方へ

〈題字〉　桐山　久吉（豊島作文の会）
〈カバー絵〉
町田市立山崎小学校
一年・あおき　えいじ
「大きいバナナ」
一年・さいとう　ひかり
「からふるチョコドーナツ」
〈カット〉板橋区立大山小学校のみなさん
〈イラスト〉　山口弘明

1

「すきなんだって　わかったよ」

――自分を見つめて・家族とともに

えらいでしょ

一年　のぐち　りっか

きょうね
びょういんでね
ちゅうしゃをしたんだよ。
いたかったけど、なかなかったよ。
えらいでしょ。
じぶんでも、びっくりしたよ。
おいしゃさんにもほめられたんだよ。
おねえさんになれたんだ。

羽村市立松林小・村木紀彦指導（二〇二一年）

おかあさんのたからもの

一年　おおの　とい

おかあさんのたからものは
ぼくといもうとなんだって。
すごくうれしかったよ。
ぼくといもうとのことがすきなんだって、
わかったよ。
ありがとうっていいたかったよ。
いつもおこっているけど
すきなんだってわかったよ。

青梅市立第四小・栗林栄子指導（二〇一四年）

いもうと

一年　さいとう　たくと

いもうとと
あそんでたら
ぼくの手に
チュパチュパした。
ごはんをたべてたら
ぼくのあしをなめてきた。
ぼくはきゃあといった。
まだ0さいだから
かわいくてチューをした。

日の出町立大久野小・田中智恵子・金田一清子指導（二〇二一年）

サンタさん

一年　小野　ここね

きょうのあさ
プレゼントがあった。
パパとママのところにもあった。
ママとパパがほしいものがあった。
ママは手ぶくろとマフラーだった。
パパはゲームがあった。
でも、じいじとばあばにはこなかった。
ばあばはきにしなかったけど
じいじは
「とおりすぎたのかな。」
ってきにしていた。

西多摩郡瑞穂第二小・神尾玲子指導（二〇一三年）

おえかき

一年　にしさと　みさき

「はあ〜。」
「ふう〜。」
っと、
ふゆのガラスに
いきをかけたら
くもった。
そこに、
わたしは、えをかいた。
「スマイルに、
手のあと、
なにかのかお。
ああ、おもしろい。」
といいながら、かいた。

パパが
「赤ちゃんのあしあとつくる?」
といった。
「うん。」
「まず、グーをして、
よこにして、おす。
それで、おやゆびで
おやゆびをかく。
あとは、ひとさしゆびで、
ぜんぶのゆびをかいてかんせい。」
「やったあ。できた。」

板橋区立志村第三小・大森芳樹指導(二〇二〇年)

オムツをぬげた

二年　西　ねいろ

「すごい。」
はじめて　きよが
オムツを　自分でぬいだ。
ママといっしょに
はく手かっさい。
きよちゃんも
うれしそうに
手をたたいた。
きよちゃんは、よっぽど
うれしかったみたい。
大よろこびで
おちんちん丸出しで
走り回った。

「よかったね。」
と、だっこしてあげた。

世田谷区立喜多見小・井本淑子指導（二〇一三年）

わたしの宝物

二年　高田　実来

お母さんに
「あそびに行って来る。」
と言ってあそびに行った。
でもそれは
友だちとあそぶわけじゃない。
一人であそぶこと。
妹は家にいる。
お母さんはごはんしたくをしている。
「やった一人だ。」
草のほうで何か光ったから
行ってみた。
キラキラ光った石があった。
それをもって帰った。

せんめんじょで石をあらって
はこに入れた。
その石のことは
まだだれにも言ってない。

八王子市立柏木小・高見桂子指導（二〇一三年）

だっこ

二年　中道　海二

だっこのしゅくだいが出て
「だっこして」
ってお母さんに言った。

おかあさんに
「大きくなったね」
って言われた。
ぼくは
「お母さんありがとう」
って言った。

お母さんてほんとにあたたかい。
小さいころは
毎日こういうことが当たり前だったんだ。

板橋区立紅梅小・中村綾指導（二〇一三年）

ちゅうしゃ

二年　ささ木　まさひろ

びょういんに行った。
ちゅうしゃのとき
三さいからなかなくなった。
いまでもいたいけど
なきはしない。
弟もぼくも強い。
ツキッとささって
チューとぬく。
さいけつはピュッとささって
トローとぬく。
おもしろいけど、
やっぱりこわい。

板橋区立紅梅小・伊藤佳世子指導（二〇一五年）

とうちゃんの木

二年　高はし　さきな

パパに
「だっこして。」
と言った。
いろんなだっこをしてくれた。
さいしょは、おひめさまだっこ。
つぎは、かただっこ。
そのつぎは、かた車をしてもらった。
そしたら、パパが
「手を天じょうにのばしてみな。」
と言った。
手をのばしたら、パパがゆれて
おっこちそうになった。
まるで木がゆれているみたいだった。

「おりる。」

と言ったら、パパが
「じぶんでおりて。」

と言った。

パパはかたまっていた。

パパは、本当のとうちゃんの木だ。

わたしは
とうちゃんの木から自分でおりた。


あきる野市立多西小・小嶋泰子指導（二〇一六年）

妹の本

二年　いとう　いおり

ママが妹に
「本のしょぶんをしなさい。」
といった。
妹は、
「本のしょぶんてなに。」
とママにきいた。
ママは、
「本のしょぶんっていうのは、いらないものをすてて
いるものをしまうのよ。」
といった。
少し時間がたち、
妹は
「おわったー。」

とママにいった。
ママはびっくりしていた。
「ぜんぶすてる。」
といったからだ。
わたしもびっくりした。
ママは本をたなにしまった。

立川市立若葉小・田堂悠指導（二〇一七年）

ぐちゃぐちゃ

二年　かん田　ちひろ

おふろに入った
あがったら、ママが
「しゅくだい。」
と言った
「分かった。」
と言ったのに、ママはまた
「しゅくだい。」
と言って
「いそげ。」
と言った
いそいでしゅくだいをやろうとしたら
かっている犬のふんをふんじゃった
まだママは
「しゅくだい。」
と言っていた
わたしはもうぐちゃぐちゃです

日の出町立大久野小・吉田千絵子指導
（二〇一八年）

花火

二年　くす本　花里

花火をしたよ。
つぎの朝、
おとうとが、
おねしょしてしまったよ。
パパとママが、
「ゆめの中で花火をけしたんじゃない。」
と言った。
わたしは大わらいしたよ。

町田市立鶴川第二小・馬場優指導（二〇二〇年）

おばあちゃん

二年　きくち　ななほ

国語のべんきょうで
「あったらいいなこんなもの」
を考えた。
おばあちゃんのことが思いうかんだ。
おばあちゃんは、にんちしょうだ。
おじいちゃんが
「この子だれだ。」
と聞いたら
答えが、かえってこなかった。
わたしは、とてもかなしかった。
だから、わたしは
「何でもくすり」を考えた。
どんなびょうきでも

なおってしまうくすりだ。
おばあちゃんに元気になってほしい。
前のように
お花のことや虫のことを教えてほしい。
いつかこのくすりが
本当にはつ明できるといいな。

青梅市立第二小・坂元文指導（二〇二〇年）

いとこのじまん

二年　さとう　れみ

四さいのひなたちゃんは
いっしょになると
いつもすぐじまんをする。

たとえばね、

「ひなた、じぶんではをみがけるよ。」

と言って、

「れみはどう?」

と言ってくる。

あとね、

「ひなた、ざりがにこわくないよ。」

と言って、また
「れみはどう?」

と言ってくる。

いとこはいつもわたしをよびすてだ。
でも、かわいいな。

町田市立藤の台小・杉野千陽指導（二〇二一年）

ぎゅー

二年　うめだ　りお

おかあさんにだっこしてもらった。
おかあさんが、
「ぎゅー」
と言った。
あったかかったよ。
「りおはむかし、もっとちいさかったんだよ。
ママのおなかの上にスポッと入るぐらい
小さかったんだよ。
とても小さかったから、
ママもちょっとしんぱいだったんだよ。」
と、おかあさんは言った。
わたしは、
「そんなに小さかったんだ。」

と言った。
とてもあったかくて、気持ちがよかった。
すぐにねむれたよ。

町田市立大蔵小・平光子指導（二〇二二年）

ママの電話

三年　眞田　ひびき

ママのなが電話がはじまった
そのときは三時
おやつの時間
ママにおやつをききたかった
どうせ一時間ぐらい電話する
耳にあてている電話をうばいたかった

町田市立町田第一小・横尾真子指導（二〇一三年）

わたしもっ！

三年　根間　あい花

パパが、
「おいで。」
と、ふざけて言った。
それで、妹がパパに向かって走って行った。
わたしも、走った。
そしたら、パパが、妹だけをだっこした。
わたしもっ！

昭島市立武蔵野小・濱中一祝指導（二〇一四年）

新しいくつ

三年　水越　琉愛

新しいくつを買ってもらった。
早くはきたくて
次の日が待ちきれなくて
家で何回もはいてしまった。
お母さんに
「もう、はくのはやめ。
　明日、そのくつをはいて
　いっぱい遊びなさい。」
と言われた。
でも、ずっと、くつをぬげずにいた。
今日、学校にはいてきた。
外で遊ぶとき
最初はていねいにはこうとするけど

一ヵ所でもよごれたら
もういいやってなるけどね。

あきるの市立東秋留小・遠藤史幸指導（二〇一七年）

ぶどう

三年　西尾　結

夕はんの後のデザートは
ぶどうだった
先にこっそり一つぶあじみをした
すごくあまかった
夕はんの時に
お母さんに
「きょうのぶどう、あまいよ。」
と言われた
知ってる
じつは、一つぶたべたよ

板橋区立赤塚新町小・伊藤佳世子指導（二〇一八年）

パパが見に来たてんらん会

三年　高橋　美和子

パパがてんらん会を見に来た
「すごいね。」
とほめて帰った
家に一まいの手紙
さいごの一行に
「パパは、
　大きくて紙いっぱいの
　元気があるちょうが大すきです。」
と書かれていた
うれしくてうれしくて
泣いてしまった

八王子市立椚田小・森恵指導（二〇一九年）

家族のかたたたき

三年　有我　春社

ある日のことだ
お父さんがお母さんに
かたたたきをしてってたのんだよ
お母さんは
お父さんのかたをたたいたんだ
ぼくは
お母さんのかたをたたいたんだよ
ぼくにはふたごの妹がいるんだ
上の妹が
ぼくのかたをたたき始めたんだ
下の妹は
上の妹のかたをたたいたんだよ
みんなうれしそうだった

だけど
だれにもかたを
たたいてもらっていない下の妹が
いちばんうれしそうだった
家族はみんなしあわせだよ

町田市立藤の台小・吉澤陽子指導
（二〇一九年）

カギ

三年　小原　哲太

家に帰ったらカギがなかった
家のカギも開いてなかった
どうしよう
何回も開けようとしても開かなかった
一こずつまどを開けようと思った
一こ目開かなかった
二こ目開かなかった
さい後の一こ
開いた
中に入った
自分はどろぼうみたいだった

町田市立小山田南小・窪田光雄指導（二〇二〇年）

母の仕事

三年　榎戸　ほのか

母は
ガソリンスタンドで
はたらいている
夕食の時間に仕事のぐちを言う
わたしは
「うん、うん。」
とぐちを聞く
次の日
またぐちを言うから
「仕事、楽しいの。」
と聞くと
「うん。」
とえ顔で言う

ふしぎだ
だから
がんばっている母に
かたもみをする
そのかたは板みたい
重いタイヤを持ったり
冷たい水で車をあらったり
ふいたりしているからかな
そんな母を
わたしはおうえんしている

青梅市立第二小・坂元文指導（二〇一九年）

赤ちゃんのじしゃく

三年　西　かなえ

日曜日
赤ちゃんとお母さんが
帰ってきた
わたしと妹は
赤ちゃんからはなれなかった
お母さんが
「じしゃくじゃん。」
と言った
かぞくみんながわらった
これから五人かぞくだ

町田市立高ヶ坂小・森朋子指導（二〇二一年）

なんで

三年　高橋　穂乃花

朝
弟と
人形を取り合った
わたしが勝った
そしたら ママが
「おねえちゃんなんだから
　ゆずりなさい。」
って言った
なんで
おねえちゃんだからって
ゆずらなきゃいけないの
わたしは

「もうーっ。」
とさけんで
人形を弟になげた

板橋区立板橋第十小・山口佳子指導
（二〇二一年）

ベランダ夜ごはん

三年　金ざわ　はな

きのう、ベランダで夜ごはんを食べたよ。
その日が十五夜だったから、
丸いお月様が空にあったよ。
お父さんがいすにすわって
「きれいだなぁ。」
と、言ったしゅん間、
お父さんのビールの中にコオロギが
ピョーンと入っちゃったよ。
お父さんがびっくりして、
いすごとひっくり返っちゃったよ。
家族みんな、ばくしょうして
とっても、楽しい夜だったよ。

町田市立三輪小・高崎広美指導（二〇二二年）

「はい」の練習

四年　八木　健斗

ぼくが言いわけすると
父は
「はい、のれんしゅう、しましょうね」
という。
ぼくを赤ちゃんあつかいの言葉でいう。
しつこいので、
「はい、はい、はいはいはいはいはいはいはい
　はいはい。」
と言ってあげる。
これがぼくの
ストレス。
ランキング一位だ。

墨田区立第一寺島小・日置雅人指導（二〇一四年）

地獄の名月

四年　辻　響輝

この前の満月の日
地獄だった。
月の観察をやるのを忘れたから
先生から連絡がきた。
それを聞いた母は
受話器を置いたとたん
「どういうことなの。」
といつもと違う声で聞いた。
怒りまくった。
ぼくは大声で
ウワーンウワーンと泣いた。
お母さんに
「となりの家の人にうるさいでしょ。」

と言われた。
それでもぼくは泣き続けた。
父さんにも怒られた。
「今すぐやれ。」
と。
でも
とても月を見る気になれない。
ねている時も
泣きながらねていた。

町田市立小山田小・西原幸子指導（二〇一四年）

おばあちゃんの写真

四年　砂川　環来

「写真見せて。」
「いいよ。」
おばあちゃんが
一枚の写真を見せてくれた。
昔のおばあちゃんの写真だ。
私の知らない
四十代のころの
おばあちゃんが写っていた。
「かわいい。」
「ありがとう。」
チェックの洋服を着たおばあちゃん。
きれいながらの入った
バッグを持っている。

化しょうをした
おしゃれなおばあちゃんが笑っている。
写真を返すと
おばあちゃん、少し照れていた。
なんだかうれしそう。
昔からそうなんだ。
おばあちゃんの笑顔はいつも優しい。

あきる野市立東秋留小・遠藤史幸指導（二〇一四年）

当たり前のこと

四年　谷　真志歩

一年生の時
自転車を買ってもらった
最初は見てるだけでうれしくて
ジャンプした
けど、時がたつうちに
ただ、乗っているものになってしまった
人間って不思議
一年生の時
遠足が楽しみでねむれなかった
でも、今は
さっさっと過ぎればいいという
一心
人間ってこわい

最初はうれしくても
時がたてば変わってくる
当たり前だけど
成長している証こなのかなぁ

板橋区立赤塚新町小・佐藤保子指導（二〇一六年）

したくない

四年　鈴木　葵

お母さんがよんでいる
ずっとずっとよんでいる
わたしはきづかないふりしてる
だって勉強のはなしだもん
チャレンジ
チャレンジ
やらないと
ゲームをぼっしゅうされる
そしてかえしてくれない
それでも勉強めんどくさいし
したくない
だから自分のへやへいき
よんでるこえはきこえるけど

わたしはきづかないふりして
へやの中でねっころぶ

西東京市立本町小・森智恵子指導（二〇一七年）

手紙

四年　森　紅葉

私は明日たんじょう日だ。
お母さんが
「十二時まで起きていていいよ。十二時になったら
　かんぱいしよう！」
と言っていた。
お兄ちゃんが何かを書いていた。
絵かと思い、
「何、書いてるの？」
と聞いた。するとおこった顔で
「うるさい！　見ないで！」
と言った。
私はびっくりした。
ついに十二時になりかんぱいする時、

お兄ちゃんが一枚の手紙をわたした。
「おたんじょう日、おめでとう！」
と書いてあった。
おこったのはこれを書いていたからかと
思った。
お兄ちゃんの顔を見ると少してれていた。

西東京市立本町小・鳥海静指導（二〇一七年）

ぼくのおばあちゃん

四年　内田　一希

ぼくのおばあちゃんは泣き虫だ
ぼくとお姉ちゃんに久しぶりに
会っただけで　泣いてしまう
ぼくがカゼをひいたときも泣いていた
そんなおばあちゃんを見てぼくたちは
わらってしまう
それにつられて　おばあちゃんも
わらってしまう
最後は みんな わらってしまう
この詩をおばあちゃんが読んだら
また泣いてしまうんだろうな。

町田市立大蔵小・西村陽子指導（二〇一八年）

終わらない勉強

四年　山田　慶太

「夏休みの宿題を早く終わらせれば
　いっぱい遊んでいいよ。」
と、お母さんに言われた。
だから早く終わらせた。
こんどは
「ドリルを買ってきてやれ。」
と言われた。
ぼくはがっかりしながらやった。
やっとできあがったと思ったら
お父さんに
「都道府県のテストを全部書けるまでやれ。」
と言われた。
いったいいつまでやればいいんだ。

羽村市立松林小・岩井秀子指導（二〇二一年）

せんこう花火

四年　小出　柑那

かっている犬とお母さんと
せんこう花火をした
「シュワワワワ」
せんこう花火を犬と見ていた
くさいよう
犬も見ていた
「パチパチパチ」
と急に花火がなった
かみなりが
「ピカー」って
なったみたいに見えた
「パチパチパチパチ」
どんどん大きく音がなる

「わあ、かみなりみたい。」
わたしが言った
けれど
犬は何も言わないで
じっと見ている
犬の目に花火が見えた

板橋区立志村第一小・越部礼子指導（二〇二一年）

夏休み明けの朝

四年　今井　柚希

「ぺんぺん」

という音で目がさめた。

（この音はなんだろう）

そう思いながらふとんから起きた。

おきたら
妹が私のほっぺをたたいていた。

「おきろおきろ」

わたしは
妹に問いかけた。

「まだねてちゃだめ？」

するとママが
「ダメ」

とこたえた。


その一言で目がさめた。

江東区立元加賀小・髙橋あゆ指導

妹

四年　安どう　美晴

学校から家に帰った。

「ただいま。」

と少し大きな声で言った。

すると、妹が
「ねえね、いっしょに遊ぼうよ。」

とかけよって来た。

「まだ、宿題おわってないから、後でね。」

と言ったのに、妹は
遊びたいよおという顔をしている。

私だって、遊びたいのに…

「あ～あ、今日は、苦手な漢字の練習だ。」

と思いながら急いで宿題を始めた。

杉並区立西田小・多家遥指導

お父さんの入院

五年　田邊　愛子

「いってきます。」
お父さんは、朝元気に仕事に行った。
十時ごろお父さんから電話があった。
「あーこ…」
お父さんは、
わけが分からない言葉をしゃべっていた。
私はこわくなって電話を切ってしまった。
「お父さんがたおれて運ばれたから
　すぐに病院に来てください。」
救急車から連絡があった。
私はこわくて涙が出てきた。
お父さんは
一日中暑い中仕事で木に登る。

家でも仕事で疲れていた。
自分がたおれてどこにいるか分からないのに
私のことだけ分かって
私の頭をなでてくれた。
お父さんは私の涙を手でふいてくれた。
お父さんの手はいつもやさしい。
お父さんになでられると私は安心する。
一ヵ月してリハビリが始まった。
文字を書く練習と歩く練習だ。
右の手足が動かないから大変だ。
だからいつも左手で文字を書いている。
ノートにたくさん文字が書いてあった。
まだ歩けないけど立てるようになった。
私のお父さんは
とってもがんばっている。

町田市立忠生小・星野洋子指導（二〇一四年）

おばあちゃんのほしがき

五年　髙橋　空太朗

ばさぱさとしたかんしょくで
少しにがかった。
「おばあちゃん、これにがいよ。」
と、ぼくは言った。
おばあちゃんが
「まだ早かったかあ。」
と言った。
おばあちゃんの作ったほしがきは
全部ぼくにくれる。
ぼく一人だけなのに
おばあちゃんは毎日
ほしがきをもんでいる。
以前、おばあちゃんに

「ほしがきは、しっかりもむとおいしくなるよ。」
と言われた。
今日もおばあちゃんはベランダに行き
つるしてあるほしがきを
両手でもみはじめた。
まるで子どものように
大事そうにゆっくりもんでいる。
ぼくはおばあちゃんの横に行き
いっしょにほしがきをもんだ。

青梅市立成木小・藤井繭子指導（二〇一五年）

おぼんの準備

五年　伊藤　拓己

仏だんの中から
仏像や器
ぼくの先祖の名前が書いてある
いはいを出す。
ほこりで真っ白だ。
「よく、ふいてくれ。」
おばあちゃんに言われて
一つ一つタオルでふいていく。
「お母さん、これ何。」
「それは、あみだにょらいだよ。」
表面が金ぴかで
目や口が細かい。
顔がおこっているようだ。

後ろから何本もぼうが出ている。
こわいけれど
このあみだにょらいが
仏だんを守ってくれているのだろう。
だから
一本一本きれいにふいていく。
仏だんの中もふいて
元にもどす。
どこに置くのか
向きはあっているか
順番はこれでいいのか
おばあちゃんに聞きながら
並べていく。

そして
お母さんといっしょに
ささの葉とほおずきをかざった。
ささの葉はたばねてテープでとめ
仏だんの上と横に置く。
「仏だんは、あの世からの門で
　ほおずきは、その明かりなんだよ。」
おばあちゃんが教えてくれた。
最後に仏だんの前にござをしく。
「ご苦労様、お茶でも飲みな。」

なくなったおじいちゃんが
もうすぐ帰ってくる。

青梅市立第二小・松井優子指導
（二〇一六年）

ぼくのアレルギー

五年　中村　仁

ぼくはアレルギーをもっている。
卵と牛乳アレルギー。
今まではまったく食べられなかった。
でも五年生になって
負荷しけんをしてきた。
一cc、二十cc、七十五cc
そして牛乳びんと同じ二百cc。
二百ccが飲めたときは
みんなと同じでうれしかった。
そして、今は
ショートケーキ、カツ丼
シチューにグラタン
濃厚なチーズまでに挑戦できた。

どれもすごくおいしい。
こんなにおいしいものを
みんなは毎日食べていると思ったら
ずるすぎだ。
くやしくなるときもある。
だからこそ負荷しけんも
がんばっていきたい。
もうすぐ給食も
みんなと同じになるかもしれない。
早くそんな時期が来ないかなあ。

青梅市立第二小・横山雄一指導（二〇一六年）

アイス

五年　小林　心菜

「アイス買ってきて。」

ある朝お父さんに頼んだ。

「無理です。」

と、はっきり言われた。

この言葉に火が付いた。

「絶対買ってきてもらう。」

この日から集中攻撃をはじめた。

来る日も来る日も言い続けた。

仕事から帰ってきたので
手元を見て言った。

「お帰り。買ってきてない。」

三日後、手元を見た。

期待はしてなかったが

やはり買ってきていなかった。

「心菜」

お父さんが私を呼んだ。

その手には、アイス。

カバンの中に隠していた。

「やったあ。」

私はすごく嬉しかった。

お父さんは
「その代わり、これからもお帰りって言ってね。」

と言った。


青梅市立第一小・秦純平指導（二〇一七年）

大人になったぼく

五年　本間　友護

おふろに入った時
鏡を見た
ひげが生えてた
子どもなのに　と思った
だから
ひげを引っ張りぬこうとした
でも
大人になってからひげが無いと
なんかさびしい
だから ぬくのはやめた
大人になって
どんなひげになるのか楽しみだ

日の出町立大久野小・荻原萌美指導（二〇一九年）

返事をしなさい

五年　須藤　彩羽

弟とちょうちょをつかまえた
二ひきがくっついて、けっこんしている
じゃましては悪いので、すぐににがした
その夜、弟は
お父さんとお母さんに質問した
「昔、パパとママもこいしたの？」
お父さんは、にこにこするだけで
返事なし
お母さんは、お茶をふき出すだけで
返事なし
わたしが返事をしないと
いつもおこる二人が
返事なし

町田市立小山中央小・石井潤平指導（二〇二二年）

母の手

六年　内藤　颯季

お母さんの手
とても好きだなぁ
おじいちゃん似の
ごつごつしている所も
しみついているネギの匂いも
仕事がんばっているんだねって
すごく分かるよ
昔はあんなに大きく
感じたのに
小さくなっちゃったね

町田市立町田第六小・長澤元紀指導（二〇一三年）

妹

六年　小宮　壮一郎

ぼくはふざけて二才の妹に教えた
「姉貴が『いってきまーす』と言ったら
『帰って来んな』って言えよ。」
「わかったー。」
と妹は返事した

後日
ぼくは学校に行く
「行ってきまーす。」
「帰ってくんなー。」
と妹は言った
ぼくは一瞬何もできなかった

町田市立町田第五小・岸田真理指導（二〇一四年）

生まれたばかりの妹

六年　牧島　衣吹

ああ、また泣いた。
妹はすぐ泣いてしまう。
だっこしてあげると泣き止むけど
おろすとまた泣く。
しょうがない、だっこするか。
みあはゆっくり息をする。
ねているのに
何かを探しているように
口をぱくぱくさせる。
手は丸くにぎられたまま。
さわろうとすると
私の指をにぎってはなさない。
寝顔を見ていると

私までねむくなるけど。
うでがつかれてきた。
「だっこするのがうまくなったのかもね。」
とお母さん。
でも下におろすとまた泣くかな。
もう三十分くらいたつ。
私のうでは温かくなってきたけど
しびれてきちゃった。
でも もう少しだけがまんしなくちゃ。
私はみあのお姉さんなんだから。

青梅市立新町小・小澤新也指導（二〇一五年）

学童のおむかえ

六年　足立　花音

私が行くと
妹は、必ずトイレに行き
それから帰りのしたくをするのです。
待っている間ずっと
となりの林から
セミの声が聞こえてきます。
ランドセルをしょった妹が
にこにこ笑いながら
歩いてきました。
「さようなら。」
先生に言って
玄関を飛び出します。
「あのね、今日はね

みんなで校庭に行って
鉄棒したんだ。
そしたらね
地球回りが三回もできたんだ。
それから、学童にもどって来て
手が動くくまさんを作ったんだよ。」
私の顔を見て
うれしそうに話します。
そんな妹を見ていると
こっちまで
笑ってしまいます。
「良かったね。」
いつもの信号をわたって
家に帰ります。

青梅市立第二小・松井優子指導（二〇一七年）

妹のウソ

六年　佐藤　煌之佑

「雷が鳴ったらおへそとられるよ。」
そういうと妹は
必死でおへそをかくす
「ウソだよ～。」
と言って妹をからかう
「夜歌を歌うとヘビが出るよ。」
そう言うと妹は
ぴたっと歌うのをやめる
「ウソだよ～。」
と言ってまた妹をからかう

ある日、お母さんが仕事に行って
妹と二人きりの時

ぼくはひみつでゲームを始めた
「お母さんが帰ってきた！」
ぼくはあわててゲームを片づけた
すると妹は…
「ウソだよ〜。」
五歳にやられた…

町田市立つくし野小・冨岡倫子指導（二〇一八年）

母の味って不思議だな

六年　千脇　みちる

お母さん しょうゆの量は?
「ジャーとかけてー。」
ごま油はこのくらい?
「もうちょっとドバッと。」
最近
お母さんに教えてもらっている料理
味つけの指示はいつもこうだ
「チョロチョロで。」
「パラパラッと。」
「ボトボトッと。」
「適当に。」
でも　出来上がると
ちゃんと母の味になっている

不思議だな
私もいつかお母さんになったら
言っちゃうのかな
「ドバドバッとでいいよ。」

町田市立大蔵小・黒田賢一指導（二〇一九年）

酔ってくると

六年　小笹　葉瑠

「葉瑠の結婚式で流そう。この写真。」
お父さんがそう言った
お父さんはお酒をよく飲む
酔ってくると出る　いつもの口ぐせ

お父さんのスマホの中に
私の小さいころの写真があった
「わーっ、小さいっ。」
私が驚いていると
「この写真、結婚式で流そう。」
出たよ…

そう　これがお父さんの口ぐせ

これまで何度も
同じようなことを言っている
「いったい何枚流すつもりなのか…。」
私はそんなことを思いながら
写真を見続けた

町田市立南成瀬小・松本嘉子指導（二〇一九年）

お兄ちゃんのピアス

六年　宮下　いづみ

「あっ?」
お兄ちゃんがピアスをあけている
まだ高校生だから本当はダメなのに
「ばれないから大丈夫だよ。」
お兄ちゃんはそう言っているけれど
本当にばれないのかな…
大丈夫なのかな

しかも、お兄ちゃんは
お母さんたちの反対を押し切って
ピアスをあけた
お兄ちゃんやるじゃん
ちょっとだけ心の中で思っている

でも
実はもう一つ思っていることがある
お兄ちゃん、坊主でピアスって…
大仏様みたいだよ

町田市立南第二小・佐久間智幸指導（二〇二〇年）

弟の言う事

六年　佐藤　涼風

夕飯の手伝いをしていたら
三才の弟がそばに来て
「おねえちゃん、ららんない。」
と言った。
たぶん
「おねえちゃん、わかんない。」
って言ったんだ。
「わかんないのはどおれ。」
と聞いたら
弟は今度は私にだきついてきて
「おねえちゃん、らいうい。」
と言った。
たぶん

「おねえちゃん、だいすき。」
だから私も
「おねえちゃんもはるか、大好き。」
って言った。
弟はにこにこしていた。
大好きな弟の言う事は
何でも分かっちゃいます。

羽村市立小作台小・秦智子指導（二〇二〇年）

おじいちゃん

六年　黒米　琉生

おじいちゃんは
つかれているにちがいない。
でも私の前では
つかれた顔を絶対にしない。
どこかで無理をしている気がする。
「じいじって
　何かなやんでることあるの。」
と聞いた。
すると、
さっきまで笑顔だった
おじいちゃんの笑顔が消え
「いいや。特にないよ。」
と言われた。

何か、かくしていそうな顔。
私は、トイレに行くふりをして
おじいちゃんの様子を
じいっと見た。
私が部屋を出た直後に
「はあ。」
と、ため息をついた。
いつも元気なおじいちゃんから
ため息が出るなんて。
私は、おじいちゃんに
問いかけるのはやめる。
おじいちゃんが
私に話してくれる日を
待つことに決めた。

青梅市立成木小・藤井繭子指導（二〇二一年）

じーじとオムライス

六年　小宮　心明

土曜日のお昼
遅く起きた私はじーじに電話をかけて
オムライスにさそう

いつもの時間

いつものお店

いつものオムライスを頼む

ここのお店のオムライスは
卵がふんわりトロトロで
飲み込むのが苦手なじーじでも食べ易いんだ

じーじは
何年か前に手術をして
点滴がご飯だった時があって
口から食べられるって
幸せだなと思うんだって
じーじと一緒に食べるオムライスは
幸せな味

じーじが喜んでいると
私も嬉しいから

また次の土曜日も
いつものお店に行こうかな
じーじをさそって

町田市立金井小・松原成昌指導（二〇二一年）

2

「あした　ふく田くんに　あやまろう」

——学校・友だち・先生

あじあぞう

一年　さとう　いっさ

きょう、せんせいが
ながいひもをだしたよ。
それはね、ぞうのおなかなんだって。
はじめ、四ごうしゃが、
そのなかに、はいったよ。
つぎに三ごうしゃもはいったよ。
まだあいてたよ。
くらすぜんいんはいっても
まだはいれたよ。
せんせいもはいっても、ゆるゆるだったよ。
まだ、はいれるよ。
ひろかったよ。

ぞうのおなかって
でかいな。

町田市立鶴川第四小・穴田　貴子指導（二〇一四年）

おおなわ

一年　おおにし　あゆみ

おっ！　すごい！
おおなわできたよ。
うれしいよ。
せんせいにせなかを
ぽんとおしてもらったよ。
もう、みんなといっしょだよ。

町田市立南つくし野小・鈴木香名指導（二〇一四年）

先生あてて

一年　ほりこし　ゆずか

先生、
なんで、わかって手をあげてるのに
あててくれないの。
がんばって手をあげてるよ。
なのに、なんでほかのひとにするの。
先生、こんどはあててよ。
わたしもがんばって手をあげるから。
先生、あててよ。

板橋区立紅梅小・浅香詠未指導（二〇一五年）

しんたいそくてい

一年　かまた　あきと

せんせい あのね
きょうしんたいそくていだったよ。
しんちょうをはかって
一センチしかのびてなかった。
もっと大きくなりたかったよ。
ごはんをいっぱいたべて
九じにねて
いっぱいジャンプして
ちょっとあそびたいよ。
はやく森先生と
おなじくらいになったら
先生をだっこして
あげてあげるよ。

町田市立町田第六小・森朋子指導（二〇一五年）

きになる

一年　山下　のあ

どうして?
みおうちゃんは
どうして せはちいさいのに
いちばんおおきいてつぼうができるの。
きになる。
どうしてもきになって、
もう あたまがくらくらするよー。
ほんとうにきになるよー。
わたしもできるようになりたいから
こんど、みおうちゃんにききます。
たかいてつぽうのこつ、おしえてくれたら
なんでもします。

町田市立町田第六小・清水美智子指導（二〇一五年）

やったあ

一年　すみとも　れいな

こくごのひらがなで
「す」をかきました。
「すみともれいな」の「す」なので
がんばってかきました。
えんぴつをぎゅっとしてかきました。
くるりんばのところは
おにぎりのかたちにかけました。
せんせいが
「お手本みたい。じょうずだね。」
といいました。
かおがにこにこになっちゃいました。

羽村市立小作台小・秦智子指導（二〇一六年）

じゅぎょうさんかん

一年　よしい　いちか

せんせい ぁのね
まえのひに、
じゅぎょうさんかんがあったよ
びっくりしたよ
ちらちらとみたら
ママのかおがこわくなったよ
こわくて
みるのをやめちゃった

町田市立忠生小・小木曽すぴか指導（二〇一九年）

せんせいあのね…

一年　たみわ　けい

はじめて
十月十六日にうんどうかいをやったよ
かけっこで一いになったよ
おうちにかえって
おかあさんのビデオをみたら
だんとつ一いだったよ
ほんきではしってたから
ほっぺがぷるんぷるんしてたよ

板橋区立赤塚新町小・氏家佳弥乃指導

おわかれ

一年　山田　よししげ

きのう、
学校でつかっていた
上ばきをすてました。
ちゃんと、
「一年かん、ありがとう。」
といいました。

板橋区立志村第三小・大森芳樹指導（二〇二二年）

ヤバイ

二年　野見山　蒼太

学校へ行くとき
すごいじこがおこった。
ノーパンツで行ってしまった。
体いくぎにきがえるときもはずかしい。
トイレはだいじょうぶだけど
ズボンがゆるい。
おちたらどうしようと思ってる。
きゅう食はこんでるとき
おちたらどうしょう。
と、思いきや、体いくぎのズボンがきつい。
体いくぎだったらだいじょうぶだ。
けどやっぱりパンツはきたいな。

八王子市立柏木小・黒岩明生指導（二〇一三年）

うんてい

二年　すず木　みな

スタートの時、
「がんばって。」
と、いいづかさんがはげましてくれたから、
ゆう気が出たよ。
さいしょは、一本ぬかしじゃなかったけど、
半分まで行った時に、
「がんばって」と言ってくれたことを思い出して、
一本ぬかしをやってみたよ。
すすむのがはやくなるにつれて、
風にあたって 気もちよかったよ。
手がはずれないように
上を見たら、
太ようが 気もちよかったよ。

江戸川区立南篠崎小・上四元徳文指導（二〇一三年）

ふく田くんのせいにした

二年　河合　こうのすけ

プラモデルであそんでたら
ぼくのプラモデルのパーツが
一つなくなっていた。
ぼくはこう思った。
ふく田くんがパーツを
バラバラにしていたからだ。
ぼくはふく田くんのせいにしちゃった。
だけど、おにいちゃんのプラモデルの
たてた下にあった。
あした、ふく田くんにあやまろう。
ちょっとどきどきする。

町田市立町田第六小・森朋子指導（二〇一四年）

かけざん

二年　せんどう田　あきひこ

「はい、もう一回。」
七のだんのテストで
先生に言われた。
れんしゅうしたのにダメだった。
ものすごく、くやしかった。
九九カードにやつあたりした。
くしゃくしゃにした。
なきたいくらいだった。
なんどもとなえた。
「はい、ごうかく。」
くしゃくしゃのカードに、
シールをはった。
ほっとためいきが出た。

青梅市立新町小・栗林栄子指導（二〇一五年）

小林先生のこと

二年　ごとう　クロエ

「今日は、ほごしゃ会だよ～。
　つくえの中 きれいにして。」
と言われました
でもさ
先生のつくえが
このクラスでいちばんきたないんだから
もう少し やさしく言ってよ

板橋区立紅梅小・小林千春指導（二〇一八年）

どろけい

二年　高はし　みよ

どろけいをした
「はぁは。」
足がはやい人がいっぱいだから
おいかけてると
「はぁはぁ。ゲホッ。」
すぐにいきぎれしちゃう
教室にかえってきて
かがみを見たら
「うわぁ。」
はな
ほっぺ
あごがまっか
びっくりした

板橋区立紅梅小・南有紀指導（二〇一九年）

友だちに会った

三年　宝来　あおい

マクドナルドで、
友だちのしょう君に会った。
まだ十時なのにいた。
わたしは、
「まだ昼じゃないのになんでいるんだろう。」
と思った。
しょうくんの顔を見たらドキドキした。
だからもう見たくなかった。
わたしは
「しょうくんのことがすきなのかな。」
と思った。
帰りたくなった。
でもわたしは、

「また会えるといいな。」
と思って帰った。
帰ってるときは、
もうドキドキしていなかった。

町田市立南第三小・広瀬明子指導（二〇一五年）

ひみつ

三年　三輪　千畝

ぼくは、こくはくした。
あいては何も言わなかった。
あいてのなまえは
いとうあやの
と言うんだ。
何も言わなかったのは
そりゃあ、そうだ。
ぼくは、字はあまりきれいではないし
べんきょうも、
すごくかしこいかと言われたら
そうでもない。
絵もあまりうまくない。
けれども、あいては

べんきょうもできるし
絵もうまいし、字もきれい。
ぼくにはあんな人はもったいない。

杉並区立西田小・今井成司・小檜山陽香指導（二〇一八年）

運動会

三年　かめい　はな

わたしは運動が苦手
でも声がでかい
おうえん合せんが大すき
気合入れたら
ともき君に
「うるせぇ」
ていわれちゃった…
午後なんて
耳までふさがれちゃった…
えへへ…
ね！
わたし、本当におうえんだん長になりたいの！

板橋区立中根橋小・鈴木由紀指導（二〇一四年）

先生のズボン

三年　樋澤　一成

体いくのじゅぎょうで
先生がストレッチをやっている時、
「パンッ！」
えっ、なんと
先生のズボンがやぶれた。
みんな、
「ズボンがやぶれたー！」
と言った。
先生は、
ズボンをひっしにかくしていたけど、
ぼくは、見えた。
やぶれた所が、
たしか黒色だった
先生は
今年一番はずかしかったと思う。
また来年も、
ズボンやぶかないかなー。

町田市立南第二小・熊谷鴻志指導
（二〇二〇年）

くやしいなみだ…

四年　齋藤　南歩

このチームじゃムリだ。
でも五位はとる。
ビリはいやだ。
自分の番になった。
心ぞうがバクバクした。
先生が、
「いちについて…よーいバン。」
走りだした。
少し転びそうになった。
だけどがんばった。
みけんに力を入れて…。
前の人においつこうとした。
でも、

2 「あした　ふく田くんにあやまろう」

きんちょうしすぎて、
前に足が出なかった。
席にもどると中、
くやしくて、
なみだが出た。
なみだが、とまらなかった。

昭島市立武蔵野小・濱中一祝指導（二〇一三年）

こんな学校だったな

四年　織田　尚

ふとんの中で大きくあばれた。
朝いそいでごはんを食べた。
もう休みはいらないな。
正門を通って
学校のことを思い出した。
教室に入ると
目がぱっちりあいた。
教室をみわたしてみると
気合いが入った。
今日から二学期だ。
どんな勉強が
始まるのか楽しみだ。

町田市立藤の台小・山田江里指導（二〇一四年）

スイッチは先生

四年　戸館　夏帆

ざわざわっ
ざわついている教室
だれかが
あっ先生
みんなが口をとじる
でも先生はいない
またざわつき始める
先生がきたら
みんなしずかになるなんて
先生は
みんなのスイッチみたい

板橋区立紅梅小・榎本菜津美指導（二〇一五年）

どうしてるかな

四年　笹原　誉

友だちが福井にひっこした
家のトイレで上を見ると
友だちのことを思い出す
友だちどうしてるかなって
今は、ぼくのことなんか考えずに
福井県の友だちといっしょに
ゲームやったりカードゲームしたりして
いるだろうな
たまには、電話や手紙もくれるけど…

ぼくは日曜とか遊んでいると忘れるけど
何もなければ、
上を見て友だちのこと思い出す

たまにはなみだ出るけれど
なみだをふいてテレビ見る
だってずっと考えていると
ぼく心配しょうだから夜ねむれないんだもん

町田市立山崎小・小島久美子指導（二〇一七年）

漢字

四年　丸山　鼓太朗

五時間目に
漢字をやった
先生が
「八文字やるよ。」
って言うから
がっかりした
でも
ふじさわ君とさとう君が
「きぼうをくれ。」
と言ったら
先生が
「三文字にしてあげる。」
と言った

ラッキーだった

八王子市立七国小・吉井裕美指導（二〇一九年）

あげパンおいしい

四年　村田　櫂都

あげパンを食べると
あまいにおいが口中に広がります。
外がちょっとかたくて
中がふわっとしています。
でも、パンだけでは
あまりおいしくないのです。
あげパンには種類があります。
きなこ味と、さとう味と、ココア味が
あります。
ぼくはあげパンのあまいところがすきです。
あげパン一兆こ食べてもあきないぜ。
あげパンはぼくの命だ。
ぼくはあげパンを大切にしていこう。

羽村市立松林小・栗原佐知指導（二〇二一年）

私を見て

四年　市瀬　花愛

学校での授業中、
私は毎日必ず手を挙げる。
ピシッとして、立ってでも挙げる。
でも、先生は必ずちがう人を指す。
何でなの？　私を見て！
また、次も挙げる。
でも、先生は私を指名してくれない。
だから、ため息がこぼれる。
すると…
「花愛さん。」
と、言われ、私はガッツポーズ。
最高の一日。

日の出町立大久野小・下田郁代指導（二〇二一年）

友達

五年　篠澤　幸歩

友達は、めんどうくさい。

仲よしの友達と話していると、
もう一人の仲のよい友達に、

「少し話があるから来て。」

と、言われた。

行ってみると、

「あの子好き？　私はきらい。」

と、言われた。

私は、いっしょになって、

「私もきらい。」

と、言ってしまった。

本当は、好きだけど言ってしまった。

もし、その仲よしの子にバレたらどうしよう。

その時はその時で、きちんとあやまろう。
「ごめんなさい。」って。

青梅市立第二小・金田一清子指導（二〇一三年）

言いづらい

五年　柏木　桃

教室で
「なんでそうなるの。」
と先生がみんなにおこる
みんなはだまったまんま
また先生が
「なんか言いなさい。」
とおこる
いつも心の中で
（こんなシーンとなっているのに
　言えるわけないでしょ。）
と思う
みんなも絶対思ってる
なんでこうやって

言いづらい空気にさせるの
子どもの気持ちもよく考えて
先生

板橋区立紅梅小・浅香詠未指導
（二〇一九年）

どう思ってる？

五年　﨑田　帆夏

私のことどう思ってる？
うざくない？
みんな
普段から他人の悪口言ってるね
私のいないところで言ってない？
たまに心配になる
私はクラスで どう思われてる？
たまに心配になる
急に話さなくなったりしない？
たまに心配になる

板橋区立成増小・伊藤捺那指導（二〇二一年）

丸つけがきらいな理由

六年　小泉　陽渚

（はぁ 意味わかんない）

これは数分前のできごとのせい…。


丸つけの後いつものように塾の先生が聞いた。

「わからない問題あるやついるか」

迷わず手をあげた。

「Aの③の（5）わかりません」

「あ～そこね」

と言った後黒板に先生は説明を書き始めた。

その書いた後、いつも言う言葉。

「こんな問題解けないのは本当はおかしいんだよね」

今回もまた言った。

私はぼそっと

「わからないから聞いただけじゃん」
小さい声だったが先生は聞こえたかもしれない。

板橋区立紅梅小・榎本菜津美指導（二〇一三年）

リレーの選手

六年　加藤　優貴

クラスでリレーの選手を決めるため、
必死に走っている。
タイムは八秒、決して悪くはなかった。
「リレー選手、発表します。」
と先生が言った瞬間、
自分の心臓の音がドクドクと鳴った。
「守屋君、木下君、猪又君、根津君。」
自分の名前は呼ばれなかった。
頭が真っ白になった。
なんで、なんで四・五年の時は、
リレー選手だったのに…

帰り道、いつもは友達と帰るのに、

その日は、一人で帰った。

「何でだろう、何でだろう。」

ブツブツ言いながら帰った。

家に帰るとお母さんが
「リレー選手なれた。」

と聞いた。

「どうでもいいじゃん。」

ぼくは、さけびながら、
ドンドンと足音をたてて、二階にあがった。

部屋のとびらをドンと強く閉めた。

その時、涙があふれ出した。


町田市立忠生小・星野洋子指導（二〇一五年）

読み聞かせの約束

六年　駒寄　藍斗

ある日、毎回のように一年生の教室へ
むかった。
ぼくは、月に二度一年生に
読み聞かせをする。
その日はいつもより五分おくれて読んだ。
二冊は読めない。
一年生に
「どっちがいい？」
と聞いたら一人の差で決まり、
もうひとつの本を読んでほしい
と言った子の一人は、泣いてしまった。
そこでぼくは、中休みに読みにいくと
約束した。

中休みまでは、ずっとその子のことで
頭がいっぱいだった。
しかし中休み急いで教室にいくと
教室には、だれもいなくて
みんな外で遊んでいた。
ぼくはおもわず
「トホホ」
と口に出してしまった。

町田市立藤の台小・石井裕子指導（二〇一七年）

一年生

六年　井関　日奈子

一年生のお世話に行くと
一年生が何かを訴えるような目で
私を見てきます。
「どうしたの？」
って聞くと、何でもないらしいのです。
すごくふしぎで
何だかこわいです。
取りあつかい説明書があればいいのに。

板橋区立紅梅小・伊藤佳世子指導（二〇一四年）

気づかない

六年　三津谷　龍聖

朝、
今日は気持ち良く登校している
いつも友達といっしょだ
今日はきげんがいいようで
しゃべり続けている
しかし
口に歯みがき粉がついていることに
友達は気づいていない
そんなに
しゃべり続けられると
なかなか言い出せない
そして

タイミングを見計らって
「口がすごいことになってるぞ。」
「だって今日はきげんがいいもん。」
そういうことじゃない

町田市立小山中央小・菅沼琢磨指導
（二〇一七年）

一年生だから…

六年　宍戸　経人

あまった時間にみんなでじゃんけん大会
一回戦、一人残った
二回戦、またあの子が残った
「すごいな～。」
と思いつつ
三回戦、なんで勝ち続けていたか分かった…

あとだし

「どうするおれ。」

「六年生としておこるか。」

「いや、でも傷つくかな。」

「注意して、学校がいやになったらどうしよう。」

おれはゆるした。
いまでもそれが正解だと
自分に言いきかせている

町田市立小川小・三浦千恵子指導（二〇一九年）

くやし涙

六年　星　龍斗

ぼくは小さい時から
すぐ涙があふれてくる
一番になれなくて
失敗してしまって
負けてしまって泣く
がんばってもがんばっても
成果がでなくて
自分の中に色々なくやしさが
どんどんでてきて
涙もどんどんでてくる

小学校最後の運動会
団長なのに涙を流した
校長先生が
「がんばっているから涙がでる」
と言ってたくさん涙がでた
その言葉がうれしかった
このままの自分でいいんだ

町田市立相原小・和田佳菜子指導
（二〇二〇年）

3

「ミツバチ　たべた」

――不思議がいっぱい

たんさんぶろ

一年　神道　さくら

せんとうで
たんさんぶろにはいった
手と足をさわったら
たんさんが
ぶちぶちしていた
コーラの中の
こおりになったみたいだった

渋谷区立本町学園小・那須史樹指導（二〇一三年）

にじ

一年　かとう　ゆら

先生、あのね。
きょうあめがふったあとに
にじがでたよ。
せがちっちゃくて
みづらかった。
いっしょうけんめいせのびしたよ。
じゃんぷしたよ。

板橋区立紅梅小・浅香詠未指導（二〇一六年）

きりがでたよ

一年　田中　あゆむ

いえを出たら、まっしろだったよ。
おくじょうにいっても
校ていが、ちょっとしか見えなかった。
ゆいとくんのいえも、見えなかった。
ブランコをこいでても
まえが見えなかった。
しいんとしていて
ひとりぼっちみたいだったよ。

青梅市立霞台小・木下典子指導（二〇一六年）

かつおぶし

一年　小がさわら　ゆう

きのう、
よるごはんに
おかわりで
かつおぶしごはんをたべたよ。
かつおぶしが
ゆげでおどってたよ。
なんにもしてないのに
じどうでうちわを
パタパタしてくれてるみたいだったよ。
みんなでかつおぶしごはんをたべたから、
かつおぶしが
ぜんぶおどったよ。
うみの中のわかめみたいだったよ。

東久留米市立第三小・平山光子指導（二〇一七年）

こおろぎがないたよ

一年　たかやま　はるらん

じゅぎょうちゅうに わたるくんが
「あっ、こおろぎがないてるよ。」
といったよ。
みんながしずかになった。
ほんとうだ。
リリリリリリって
ないたよ。
こおろぎのおとってきれいだなって
おもったよ。
小さいなきごえだったよ。
みんなでとったむしかごのなかから
きこえたよ。
みんながね、しずかになったんだよ。

いつもはね、みんながうるさいのにね。
こおろぎがないたときは、
みんながしーんとなったよ。

町田市立鶴川第四小・穴田貴子指導（二〇一七年）

ゆうやけ

一年　なかむら　はな

ならいごとのかえりみち
ゆうやけといっしょに
かえりました
まるいたいようが
くもにかくれて
空があかとオレンジになっています
ひとりでかえるのは、こわかったけど
ゆうやけがあかるかったので
こわくありませんでした
とちゅうで
じいじとおかあさんにあいました
きもちが
ほっとしました

「たいようがわらっているようだね。」
と言ったら、じいじが
「そうだね。」
と言いました
三人でゆうやけを見ながら
かえりました

青梅市立第二小・松井優子指導（二〇一八年）

どろおんせん

一年　おきもと　たいち

こうえんのすなばでつくる
どろおんせん
つちをたくさんほっていく
ほったあなにみずをいれる
そうっと　そうっと
あしをいれる
とてもつめたい
どろおんせん
あしをぬくとき
キャラメルみたいにしっとりする
ぼくのだいすき
どろおんせん

町田市立つくし野小・保科登喜子指導（二〇一八年）

ゆきむし

一年　川くぼ　せりな

モカちゃんが
「ゆきむしつかまえて
　ねがいをかなえようよ。」
といった
「いいね。」
とわたしはいった
つかまえたら
しんじゃった
でも あとから
モカちゃんのかたの上にのった
「モカちゃん、いいな。」
とおもったら

わたしの手にのってきた
しろくてふわふわしていた
こころの中で
ねがいごとをいいながら
ふうっととばした

日の出町立大久野小・滝澤絵里指導
（二〇一九年）

つきをみたこと

一年　ひらた　かのん

きのうの
よる
ねるときね
さむくなっちゃったから
まどをしめるとき
まんまるの
きいろいつきがみえたよ。
よる
ねるときにね
さっきのつき
きいろでひかってたなって
おもって
にこってわらって

ねられたんだよ。
あさもおもいだして
にこって
いっかい
わらったんだよ。

町田市立三輪小・田坂恭子指導（二〇二二年）

糸電話

二年　大たき　アミ

妹が
「聞こえる。」
って言った声は
ふつうの電話より小さく聞こえた。
つぎに、ぼくがしゃべった。
妹は
「聞こえた。」
って言って
バッタみたいにとびはねた。
こんどは、お父さんが
「どれどれ。」
って、のぞきこんできた。そして
「糸を見ててごらん。」

と言った。
ぼくは、じっと見た。
糸がゆれた。
ひくい声だと大きくゆれ
高い声だと小さくゆれていた。
どうしてだろう。
本でしらべてみた。
しゃべった声の音波が糸をつたって
音が聞こえるらしい。
それなら、長い糸でも聞こえるのかな。

青梅市立霞台小・木下典子指導（二〇一五年）

冬が来たよ

二年　おか田　いろは

学どうから
ばあばといっしょに帰りました。
ばあばが
手ぶくろをかたほう
かしてくれました。
わたしが
もう冬なんだなと思ったときに
ばあばが
「もう冬なんだね。」
と言いました。
びっくりしました。
そのとたん
風が、ヒューとふきました。

青梅市立霞台小・木下典子指導（二〇一七年）

ミツバチたべた

二年　さいとう　てるき

先生 あのね
大カマキリが
ミツバチをとらえてたべてた
顔を近づけて見た
かた手でミツバチをぶっさして
つぎにりょう手でぶっさして
口にもっていってたべた
みどり色の目で
ミツバチをにらんでいた
ミツバチの頭から
ちょびっとずつむしゃむしゃたべた
ぼくのことなんか知らん顔

ママをよんだ
もう体までたべてた
大カマキリってきょ人みたい
さいきょうだ
大カマキリってすごいなあ
本当にすごいなあ

町田市立忠生第三小・上野久美子指導
（二〇一八年）

チョウゲンボウ

二年　かとう　そうご

先生　先生　大ニュース！
下校しているとき
チョウゲンボウが
シジュウカラを
おそってるのを見ました
あっとうてき
チョウゲンボウがつよかったです
さいごには
シジュウカラがたおされて
たべられてしまいました
たべられちゃった
かわいそーとおもいました
さいごは羽がおちました

町田市立大蔵小・平光子指導（二〇一九年）

はがぬけた

二年　しば　りょうのすけ

はがぬけた。
うれしいけど五本目だ。
二本しかはえてないから
スカスカだ。
大すきなお肉がたべられない。
二本のぬけたはは、
ねっこがみじかかった。
体の中では、
ぬける前から
ぬけていると
かんじてたっぽい。
すきなのは、

はがぬけたところに
ストローを入れて
ジュースをのむこと。

町田市立金井小・吉野光代指導
（二〇二〇年）

大きいナマズ

三年　原　虎太郎

水そうに
ぬしと思われるくらいの
大きなナマズがいる
四十五センチくらいある
春　秋川の池でとったやつだ
あみで追ってざばっとあげた
すごくあばれて
水がバシャバシャかかった
ずっしりと重たくて
持ち上げるのがたいへんだった
今は
この水そうの岩がかくれ場所だ
えさは川でとってくる

生きたニゴイやオイカワだ
一日に五ひきくらい食べてしまう
見えなくても
ひげでえものを感じ取る
食べるときは
でかい口をがばっと開けて
水ごと一気に飲みこんでしまう
夜になると
もっといっぱい食べる
近づくとにらみつけながら
「おれが一番えらいんだぞ。」
といばって泳いでくるんだ

あきる野市立東秋留小・遠藤史幸指導（二〇一九年）

かいこがだっぴするとき

三年　ふじ田　りほ

そう合でかいこを育てた。
休み時間にえいみちゃんのかいこを見た。
見るとかいこがだっぴしようとしている。
かいこがだっぴするとき、
頭からかわがやぶれた。
かわがくちゃくちゃで
どんどん後ろへさがっていく。
かいこは、だっぴのかわがぬけるまで
ずっと体をくねくねしていた。
あとちょっとのとき、みんなが
「がんばれ。」
と言った。
わたしも

「がんばれ。」
とおうえんした。
そして、ついにかわがむけた。
みんなで
はくしゅをした。
かいこは、
おしりをふりふりして、うれしそうだった。
わたしは
「がんばったね。」
と思った。

町田市立三輪小・穴田貴子指導（二〇二一年）

しも柱

三年　山ぞえ　まひろ

「モチモチの木」の豆太を思い出した。
豆太は、す足で走って
しも柱をふんで本当にいたかったのか
ためすことにした。
外にす足で出た。
寒かった。
しも柱をふんだ。
足のうらがちくちくした。
寒くてじんじんした。
けっこういたかった。
豆太がどんないたい思いで走ったか
よくわかった。

板橋区立紅梅小・山口佳子指導（二〇一五年）

ひまな一日

四年　森田　拓海

とてもひまでした。
ぼくは
台所でゆかにねっころがって
しばらくぼんやりしていました。
外に出ると
つめたい風が
ぼくのからだを
すうっと通っていきました。
いやなことを
わすれてしまうくらい
いい風でした。
ぼくは宿題をわすれていたのを
思い出してしまいました。

青梅市立新町小・小西美津江指導（二〇一三年）

ザアーザアー

四年　牧野　良太朗

台風が来る
雨戸がぐらぐら
雨がゴオーゴォー

台風がせまる
雨戸がミシミシ
雨がザアーザァー

食料もある
ガスコンロもある
ゼリーもある
じゅんびばんたん
台風が来るのを待つだけ

…
さあ
来いよ台風！

板橋区立赤塚新町小・伊藤佳世子指導（二〇二〇年）

中秋の名月

五年　三浦　華純

奈優和がぐずっている。
私は奈優和をだっこして
家の前に出た。
空の高い所に
まんまるで黄色い月がある。
雲で少しかくれている。
「月がきれいだよ。」
そう言って、奈優和の背中を
とん、とん、とん
とたたく。
ぐずっていた奈優和が
静かにだまる。
奈優和は私のまねをして

私の背中を
とん、とん、とん
とたたく。
小さい手だな。
だんだんと奈優和はねむそうに
目を開けたり閉じたりしている。
外の風はすずしい。
鈴虫が鳴いている。
いつの間にか
私の背中をたたいていた手が止まる。
顔を見ると
ぽかんと口を開けてねている。
月はまんまるで
奈優和の顔の形と同じだった。

青梅市立第二小・松井優子指導（二〇一四年）

キラキラなくもの巣

五年　山川　小春

雨の日の帰り道
妹と歩いていたら
妹が
「あっ、キラキラなくもの巣がある。」
と言った
そのくもの巣は
雨のつぶがたくさんついていて
とてもきれいだった
私が
「きれいだね。」
と言ったら 妹が
「うん。」
と答えた

雨の日で
どんよりした気持ちだったのに
一気にふきとんだ気がした

立川市立若葉台小・濱中一祝指導
（二〇一九年）

4

「マスクをとって　おもいきりあそびたい」

――広い世界に

ボランティア

一年　きむら　じゅり

六月に、ヘアードネーションをしたよ。
どういうことかというと、
かみのけがはえてこないこどもに、
かみのけをきって、かつらにして、
びょうきのこに、あげるんだよ。
びよういんで、かみをきったんだよ。
わたしはだれかのやくにたったから
うれしかったよ。
さいしょはきるのが、やだったけど、
だんだん、
よろこんでもらえる、えがおをおもいうかべて
わたしも、えがおになったよ。
でも、いざ、びよういんにいくとき、

かみをきるのが、やになったよ。
でもかみをきりおわったら、
ものすごくうれしくて、
ものすごく、すっきりして、
きもちよかったよ。

町田市立小山中央小・駒村京子指導（二〇二一年）

お父さん

二年　あんどう　まゆ

わたしのおとうさんは
おすしやさんの店長なんだよ
だけど わるいことばっかり
だってお父さん
朝の四時ぐらいに行って
夜の十二時にかえってくるんだよ
きょうはお正月
はじめてのお休み
もうちょっとお休み
多くしてー

葛飾区立亀青小・宇野敏夫指導（二〇一三年）

イプシロン打ち上げの前の日

三年　徳田　圭佑

いよいよ明日がイプシロンの打ち上げだ。
ＪＡＸＡに行って、ライブ中けいをみる。
パソコンは八回みた。
天気予ほうは二回みた。
リュックの中は五回みた。
夕ごはんのあと、
インターネットを三回みた。
いつもより一時間はやくねた。
イプシロンのことを考えていたら
十時までねむれなかった。
一時に目がさめた。
ベランダで星をみた。
オリオン座がみえた。

町田市立成瀬台小・伊藤章二指導（二〇一四年）

思い出の桜のトンネル

四年　青木　夏実

一年生入学の日。
坂本の信号から学校までのと中に何本もならんだ桜。
お花のトンネルみたい。きれいだな。

見上げると、空一面の桜。
桜ふぶきがときどきまう。
地面には、ピンクのじゅうたん。
毎年春になると桜のトンネルができるのを
楽しみにしていた。

なのに…ある日、
パタリと桜の木が消えてしまった。
切りかぶだけを残して。

毎年見上げた桜のトンネルだったのに。
家がたくさん建つんだって。
桜の木の方がいい。
家になるなんていや。
でも時はもどせない。
世界もかえられない。
このまま受け止めるしかないのか。

日の出町立大久野小・山﨑匠・金田一清子指導（二〇二一年）

夏休みのボランティア

五年　福島　理央

私は夏休みに
アジアに絵本を届ける
ボランティアをした
「ミャンマー」たん当になった
あまり知らない国なので不安になった
日本語をビルマ語に直した
ビルマ語の書かれたシールと
ページを確にんして
シールを切ってはった
ビルマ語はまるで記号みたいな形で
全く読めなかった
最初はシールをはる作業なので
おもしろくなかったけど

やっているうちに楽しくなってきた
最後にビルマ語で
自分の名前を書いた時
おもしろい形になったので
良い気持ちになった
ミャンマーの子ども達が
たくさん読んでくれたら良いなと思った

町田市立つくし野小・日沖達彦指導（二〇一八年）

一〇五歳のおじさんとの文通

五年　萩原　寿

私のひいおばあちゃんのお兄ちゃんが
このあいだ亡くなった。
一〇五歳だった。
一〇五歳のおじさんってよんでた。
長い間文通をしていた。
いろんなことを教えてもらった。
そして私は必ず、
「すぐに会いに行きますから、まっててください。」
とお手紙に書いた。
でも、結局会えなかった。
おそうしきのとき、しらない、たくさんの人から、
「あなたがことちゃんね。本当にありがとう。」
って言われた。

何のことって聞いたら、
「あなたが一〇五歳のおじちゃんのガールフレンドでしょ。
おじちゃん、あなたの手紙が一番の宝物だったのよ。」
って言われた。
涙があふれ出てきた。

町田市立本町田東小学校　・瀧口信晴指導（二〇二〇年）

学校に行けることが幸せ

五年　横尾　浩

マララさんは学校に行ったら撃たれた
僕は学校に行ったら
「休まず行ってえらいね」
とほめられた
僕もマララさんも同じ人間
なのに何で
「ほめられる」と
「撃たれる」で分かれるのだろう
世の中には
学校に行きたくても行けない人がいる

だから
毎日学校に行っていることが幸せ
明日学校行きたくないなって
思えることも幸せ

足立区立舎人小・宮田聖也指導
（二〇二一年）

一番勇敢な人達

六年　髙橋　ひかり

「ここだよ。ばぁちゃん家」
ここはみやぎ県
家とはわからない
ざんがいがそこにある
「…」
仮設住宅から元気な声がもれる
いとこの家からも
みんな笑ってる
いつもと変わらない
厳しい現場受け止めて
みんな勇敢だ
今もなお
笑い続けているだろう
…
いてほしい

江戸川区立篠崎第四小・佐藤恵子指導
（二〇一三年）

見かけによらず

六年　山岸　穂香

ピアスをつけて
ヒョウがらの服をきて
スマホをいじって
なんだか怖そうな人

新宿駅からの電車
ずっと同じだった
しかも私の前に座っていて
目が合うだけで
「なに?」
みたいな目つきで
私をにらんでくる

お年寄りの人が乗ってきた
座るところを探していた
するとその怖そうな人が
「ここどうぞ」
と笑顔で立ち上がった
私は本を読むのをやめて
目を見開いた

町田市立鶴川第四小・平光子指導
（二〇一四年）

とちぎのおじいちゃんとおばあちゃんにあいたい

一年　たけい　ねねか

さいきん、コロナがふえてきているので、
なかなか とちぎのおじいちゃんと おばあちゃんに、
あいにいけません。
はやくコロナがなおって、
とちぎのおうちに いきたいです。
コロナが なおったら、
マスクをとって、
おもいきり あそびたいです。

豊島区立富士見台小・伊藤麻世指導（二〇二一年）

ひいばあちゃん

三年　金野　心海

いま、
あいたい人がいる。
ひいばあちゃんだよ。
なんでかわかる?
あのね、夏休みにひいばあちゃんの家に、
いくよていだったの。
でも、コロナウイルスのせいで
いけなかった。
テンションあがっていたけど、
きゅうに、しょんぼりしちゃった。
おはなししたかったし、いっしょに、
花火したかった。
でも、
がまんした。
だってしょうがないから。
みんなのためもある。
会いたいな、
ひいばあちゃん。

町田市立鶴川第一小・伊藤浩子指導
（二〇二一年）

コロナの自しゅく期間

三年　三戸部　浩一朗

今、コロナが流行っている。
そのため、自しゅく期間があった。
みんな家にいるので、
家ぞくをよくかんさつすることができた。
ぼくがリビングにいて、
おねえちゃんがお風ろにいたときに、
お風ろから、
歌をねっしょうしているのがきこえた。
おねえちゃんは、
お風ろをカラオケだと
思っているらしいです。

町田市立金井小・小島久美子指導（二〇二一年）

コロナでの給食

五年　松栄　心

おなかすいたなー
まだ三時間目かー
給食の時間だ
手を洗って
消毒して
静かに運んで
すわって待つ
「いただきます。」
マスクを取ったらしゃべれない
給食の時間くらい
わいわいしゃべれないかなー
初めて同じクラスになった子
仲良しの子と
しゃべれる日はいつくるかな
いつかくるまでしゃべらず食べようか…

板橋区立板橋第十小・山口佳子指導

（二〇二一年）

ドキドキな夜のゆめ

六年　高橋　美維菜

明日は学校だ。
べつに、いやなわけではない。
でも、
教科書は何年のもってけばいいの？
きいてみよう！
プルルル…プルルルル…
でない。
なんで？　は？
まぁ、全部もっていこう！
というゆめをみた。
あれ？
現実でもあったような…。

板橋区立赤塚新町小・森山美里指導（二〇二一年）

休みだからできたこと

六年　平渡　ニコ

休みだからできることが多い
五年生の復習もみっちりやった
六年生の予習もやった
自分でお昼ごはんをつくった
家族でえいがをたくさん見た
自宅学習もした
電話で友達ともしゃべった

このながーい休みは
きっと大人になったら
こんなことがあったなー
と思うのかもしれない…
この休みでできるようになったことが
増えてうれしかった
でもやっぱり学校にいきたくなった。

板橋区立赤塚新町小・森山美里指導
（二〇二一年）

＊

初めて児童詩の指導をやってみようという方へ
Q＆A

Q1 子どもたちに詩を書かせたいと思っています。最初はどうやればいいですか。

A

まずは、児童詩を、たくさん読んでみることをお勧めします。

子どもたちの手の届くところに児童詩集を置いてあげてください。

付箋を置いて、「好きな詩見つけたら、貼ってね」というと、子どもたちも楽しんで、詩を読んでくれます。

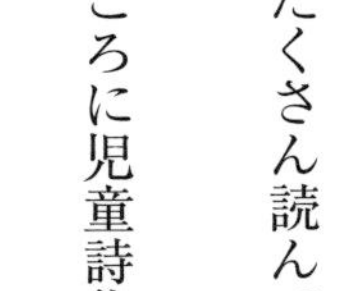

面白そうな詩を読み聞かせてあげたり、朝の会のスピーチに「わたしの好きな詩」を発表したりするのもいいですね。「おもしろいな」「書いてみたいな」と思えるように一緒に楽しんでください。

Q2 詩を書く単元が苦手で、さらりと済ませてきました。詩を書くよさって何でしょう。

A

　私も苦手でしたが、子どもたちの本音を知ってつながっていきたいと思いました。そのための近道が詩の授業でした。書いてもらって、初めて子どもの気持ちを知るということもあります。子どもの本音を知り、ハッとすることもあります。

「心の中の言葉をそのまま書けばいいよ」と言うと、表現が苦手な子も書けるようになり、友だちの作品を読み合って学級の仲間が育っていくのを経験しました。

詩を書き、読み合い、子どもたちと一緒に、成長していくのだなと思います。
「よい詩を書かせよう」ではなく、「子どもの思いを知ろう」と思って始めてはいかがでしょう。

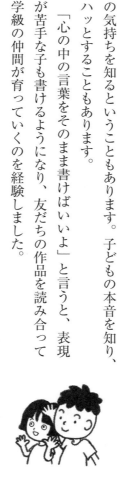

Q3 何を書いたらよいかわからない子がいます。どんなことが詩のタネになりますか。

A

心が動いた瞬間であれば、あれ！　と大きく動いたことも、あれ？　と小さく動いたことも詩のタネだと伝えましょう。毎日の生活のなかのタネをその子と一緒に見つけてあげましょう。その子のおしゃべり、つぶやきを拾って文字にしてあげるといいでしょう。

低学年では、生活科の後、図工や体育などで子どもたちが大喜びした後など、忘れぬうちに書く時間をつくるといいでしょう。「みんなのお話、一斉に聞けないから、おしゃべりみたいに、ひとりごとみたいにこの紙に書いて」と。

心が動くような共通体験をした後、詩を書く時間をつくると、タネが見つかります。

子どもたちが共感するような児童詩を読んであげると、「私にもある！」「ぼくも書きたい！」と言ってくれると思います。

Q4　書き始めの言葉はどうしたらよいでしょうか。

A

心が強く動いたときは、思わず言葉が出てしまいますよね（心の中で言ってしまった言葉も）。その感動から書き始めるとよいでしょう。説明はいりません。

書きたい場面から、ズバッと書き出してよいのです。「あっ」「え！」などに続けて、心が動いたその場面を書くこともあります。

その時、耳や目に飛び込んできた、音や色から書き始めることもあります。

書き始めの言葉に注目して、この詩集からあなたの気に入った詩を子どもたちに紹介してみてください。言葉で説明するより、実際の作品を読むことで子どもたちに伝わるでしょう。

Q5 うれしい気持ちや悲しい気持ちを表すのに「うれしい」「悲しい」と書かない方がよいのでしょうか。

A

その時「思わず出た言葉・つぶやき」や「したこと、目に入ったこと」を書く方が様子や気持ちがよく伝わります。

「（うれしくて）その時どうしたか」「（悲しくて）その時どうしたか」を書くと気持ちがより伝わります。

また、その時の周りの様子を書くと、自分の気持ちを伝えることができます。

感情を表す言葉でまとめてしまわないで、その時の事実を書く方が、思いは伝わります。
「うれしい」「悲しい」と書かないのに、その気持ちがわかる作品をいくつか読んでみましょう。

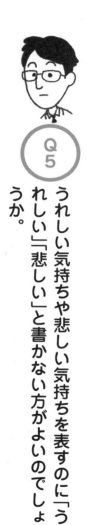

Ｑ6　題はどのようにつければいいのですか。

Ａ

書きたいことを書くことが大事ですから、その書きたいことが「題」になります。

題が決まらないときは、まず詩を書いてみましょう。

題は、後から決めてもよいのです。無題でもよいのです。

一番書きたいこと、言いたいことは、何なのか、書いたものを音読してみたりすると、題が見つかります。

題も詩の一行なので、一行目と重なってしまわないようにしましょう。

まずは、「書きたいことを見つけて、ホントの気持ち、書いてね」と、詩の指導をやってみましょう。
書けたら、よいところを見つけて、ほめてあげましょう。
子どもたちとの距離が縮まり、きっと詩が好きになりますよ。

「先生、こんどはあてて」発刊に寄せて

児童詩が教室を変える
身近なホントが、新しい

1 主体的・創造的だから詩は面白い

町の時計屋さんで壁に掛ける円い時計を買った。そのとき、こんな話をした。

「円い時計とデジタル時計では、どちらがよく売れますか」

「それは圧倒的に、円い時計です」

「若い人も同じですか」

「変わりませんよ。やはり円いほうです」

デジタルは、数字が出ていて、分かりやすいはずなのに、多くの人は、それを選ばないで、円いほうの、三本も針のある時計を買っているのだ。

社会は、便利さ、速さ、分かりやすさを求めている。しかし、人には、自分の判断を大事にしたいことだってあるのだ。長い針と短い針、細い針の関係のなかに時刻を判断する。いやそれだけではない、針と針の角度、数字の関係もまた、重要な要素なのだ。そして、過ぎた時間、これからの時間を、空間的、視覚的にも、認識する。そのなかに、「私の今」を感じることになる。人生とともにある時間を確認するのかもしれない。

詩もまた、言葉の関係のなかから、自分でイメージを浮かべ、意味を読み取り、場面を想像し、出来事や人間のありようを考える。自分とのつながり、距離もまた、思ってみる。そして、新しい世界までも感じる。きわめて、自主的・主体的そして創造的な行為である。

出会い

江東区立元加賀小四年　児島翔太

中休み、副校長先生に
「校庭のベンチがやっぱりすきなんですね」

と言ったら
「日がさしていて、気持ちがいいんだよ」

と言われました。

「ぼくもやります」

と言ってすわりました。

算数の時間も気持ちよくできました。（＊1）


（指導・髙橋あゆ）

心が、ほのぼのとする詩だ。そして、読み手は、この詩から、たくさんのことを、想像し、考える。
・いい天気だ。五月ごろかな。
・「ベンチがやっぱり好きなんですね」。きっと、児島君は、副校長先生のことを、よく見ているのだろう。
・管理的な副校長ではないようだ。「休み時間はみんなと一緒に遊びなさい」などとは言わないからだ。そういう姿勢・関係がこの日記を生んだ。
・「ぼくもやります」という言葉からは、副校長先生への、友達、仲間意識を感じる。
・二人は座って、黙っていたのかもしれない。黙っているだけでいい。そのほうが心のつながりを感じる。気持ちの良い、心地よい時間だった。
・次の時間の算数も楽しかった。休み時間に、副校長先生と、ベンチに一緒に座っていたことと算数は直接関係はないが、児島君はそこにつながりを感じたのだ。普通だったらつながらないものをつなげてしまう。ここに詩、心の働きがある。
・「気持ちがいい」はまさに感じることである。理屈ではない。ともに、同じ場所で、同じ時間を過ごす。何もしなくていい。それが心地いいのだ。こんな時間を、学校でも、家庭でも大事にしたい。
・目的に向かって真っすぐ進む社会だけがいいのではない。
もう一つ、この詩の良さを付け加えておこう。
・学校っていいな。

学校という世界を、新しい目で見ることになる作品である。詩っていいいな。

2　自分の事実・出来事のなかに、新鮮なものがある

補教で、二年生のある教室に行った時のことだ。子ども詩集『ないしょみつけちゃった』から次の詩を読んだ。

ぼくのおよめさん

町田市南大谷小　二年　とりうみ　たいめい

おおきくなったら
おかあさんみたいに
おっぱいの大きい人を
およめさんにする。
でも、
おなかのとこは
もっとほそい人にする。

読み終わって子どもたちを見ると、みんな、ちらちらと、友達の顔を見ている。この詩

を聞いて、笑っていいのか、いや、どう反応していいか、子どもたちは、迷っていた。厳格な担任教師の下で、きちんと「指導」を受けている子たちにとっては、どう自分を表現したらいいか、分からなかったのだろう。「こんなこと、教室で言っていいのだろうか」。これでは、自主規制である。

このように、「判断を他人に預ける」ことが多くなってはいないか。社会・学校・教師、それらが、子どもたちの感じ方、考え方、表現をもしばってはいないだろうか。

心のしなやかさと、自分らしさを取り戻さなければならない。

そのためには、自分の事実、自分たちの事実に立ち返ることである。良く知っているはずなのに、詩にして読んでみると、そこに子どもたちは新鮮さを感じる。そして、意味・意義を見出すことで、自分を確かめ、自分の良さ、友達の良さに気付くことになる。

良い詩でなくていい。生活のなかで、自分がしたり、見たりしたあたりまえの事実・出来事、思いを書くこと。それがいま、新鮮に映る。あたりまえの自分に意味があるのだ。

「出会い」の指導者の髙橋あゆさんは「うそでなければ何を書いてもいいのです」と子どもたちに呼びかけている。ここからスタートしたいと私も思う。

そうじ

杉並区立西田小　四年　須藤　心

わたしはそうじがだいきらい。
早く終わって、昼休みにならないかな。

やっと、終わった。
ドロケイだ。
ドロケイだ。
わたしは
「リレーゴー」
と言って、くつばこに行った。

（学級詩集「笑顔」より）

ある時の出来事を、書いただけだが、生きのいい表現だ。きっと、友達に共感をもって受け止めてもらえるだろう。事実の持つ意味、おもしろさに気付く。そして、そこに、今の自分がいる。友達もいる。それを、このように、言葉で表すことができるレディー・ゴー（ｒｅａｄｙ　ｇｏ）が、リレーゴウとなったのだろう。プディング（pudding）がプリンとなったのと同じである。子どもたちは、文字からではなく、耳から言葉を覚えるので、このような変化が起こるのだ。むしろここに、生き生きとした子どもの面白さがある。ドロケイの始まりに、「リレーゴー」。きっとこれが合図だったのだろう。教師が直さなくてよかった。ドロケイをケイドロと言っている地域もある。遊びのなかには子どもたちの生き生きした言葉がある。

子どもたちは、多くを既成の教材で学ぶ。教科書会社の大人たちが、全国共通なものとして作った、その教科書からの学びもまた、大事であるが、自分たちの身の回りのことが、詩を書くことで表現され、学びにつながる。その方が、新鮮であり、個性的であり、確かにそこには、自分がいる。実感がわくものだ。学びを自分たちから作っていく。この点においても、生活の事実に根差した表現は、大きな意味を持っている。今こそ、作文、児童詩の出番なのだ。

おわかれ

板橋区立志村第三小　一年　山田　よししげ

きのう、
学校でつかっていた
上ばきをすてました。
ちゃんと、
「一年かん、ありがとう。」
といいました。

（本書107頁）

すべて事実だけで書かれている。しかし、書かれている言葉を超えて、充実した一年間と、二年生への決意が、伝わってくる。題も秀逸である。教室で、友達とどんな読みあいがおこなわれたのか、指導者の大森芳樹さんに聞いてみたくなる。きっと楽しい時間だったろう。

今年八月の東作協の研究集会の参加者の、次の感想を私は共感を持って受け止めたい。

「…山田君は何気ない生活の事実をつづっている。書くことを意識してアンテナが常に立っているんだろうと思います。それを紹介することで（中略）子どもたちの目がやさしくなる…」（吉井裕美）。

ちょっとしたできごと、思いを書き、読み合うなかで、教室に和やかさが生まれ、さらに子どもたちは書くことに意識的になっていくのではないか。固まりかけている体と心を解きほぐすと、自分も周りもよく見えてくる、ということなのだ。

私たちは、良い詩を求めない。子どもの生活の事実、本当のことを言う楽しさ、開放感を分かち合いたい。

かつて、町田作文の会の古藤洋太郎さんは「生活のなかのちょっとした感動を。感動とまで言えない感じたことでよい。それを詩に書こう」と提唱したことがあったが、今は「生活のなかの事実を。自分のいる表現を」と言い換えていいのではないかと思っている。

3　事実・出来事がイメージを生む

詩は、要約できない。「まとめていうと？」と言う問いが成立しない表現である。まとめたと思ったとたん、たくさんこぼれ落ちるものがある。だから、事実、出来事で表現する。これは、読むときも同じである。

サンタさん

西多摩郡瑞穂第二小　一年　小野　ここね

きょうのあさ
プレゼントがあった。
パパとママのところにもあった。
ママとパパがほしいものがあった。
ママは手ぶくろとマフラーだった。
パパはゲームがあった。
でも、じいじとばあばにはこなかった。
ばあばはきにしなかったけど
じいじは
「とおりすぎたのかな。」
ってきにしていた。

（本書13頁）

事実・出来事だけでこんなに豊かな表現になる。さまざまなイメージ、意味を醸し出す。年齢、経験、立場によって、感じることも違ってくる。しかし、おもしろさは、変わらない。じいじへの思いが、生んだ詩だ。「題は詩の一行」がぴったりの作品になっている。次の詩も出来事だけで、書かれている。

返事をしなさい

町田市立小山中央小　五年　須藤　彩羽

弟とちょうちょをつかまえた
二ひきがくっついて、けっこんしている
じゃましては悪いので、すぐににがした
その夜、弟は
お父さんとお母さんに質問した
「昔、パパとママもこいしたの？」
お父さんは、にこにこするだけで
返事なし
お母さんは、お茶をふき出すだけで
返事なし
わたしが返事をしないと
いつもおこる二人が
返事なし

（本書75頁）

思ったことは、直接的には書かれていません。しかし、出来事だけを書くことで、場面の様子やそれぞれの人物の思い、感じていることが伝わってくる。そして、題名が生きている。

なぜ、このように、事実で書くのか、出来事で書くのか。それは、嘘ではないこと本当のことを書くことなのだが、それにとどまらない。「平和」、「愛」、「自然」、「生命」、「正義」などという言葉は便利だが、これらの言葉は、イメージを作ることができない観念語で、かなり、意味が確定してしまっている。それに引き換え、出来事・事実は、イメージを呼び覚まし、意味は簡単には確定できないので、広がりが生まれる。また、そこには、人物の思いが反映されている。

だから、事実で書く、出来事を入れて書くことが、豊かなイメージを生み出すのだ。出来事で書くことで情景も浮かんでくる。

4　短い表現にこめられた願い、感動

わたしたちは定型詩を求めない。詩の技法にもあまりこだわらない。自由な表現がしにくくなるからだ。(＊2)

しかし、長く、たくさん書けばいいかというとそうではない。次のような、短い作品にこそ詩のおもしろさ、良さがある。また、短い詩は、言語感覚を育てることにつながる。

くせがついた

東久留米市立第三小　四年　肥田木　彩音

わたしは最近
家でマスクをつけていないのに
マスクをかけなおすしぐさをして
あごをつねってしまう
いてっ
コロナが終わったら
だいじょうぶかな

（「東京の子」二〇二一年、指導・平山光子）

短い表現だが、コロナ禍の状況のなかで、身体の痛みの感覚で、身についてしまった悲しい癖を表現している。「だいじょうぶかな」はもちろん、癖が治るかを心配しているが、それにはとどまらない。「私たちみんなの大丈夫かな」へと連想が広がる。この詩も題名が生きている。短い詩ほど、題名が、大事になってくるのかもしれない。言語感覚にかかわってくる。

ドキドキな夜のゆめ

板橋区立赤塚新町小　六年　高橋　美維菜

明日は学校だ。
べつに、いやなわけではない。
でも、
教科書は何年のもってけばいいの？
聞いてみよう！
ブルルル…、ブルルル…
でない。
なんで？　は？
まぁ、全部もっていこう！
というゆめを見た。
あれ？
現実でもあったような…。

（本書193頁）

急に、全国的に、コロナ休校となり、学校が再開されたのはすでに春。どちらの教科書を持っていけばいいのか。今、自分は何年生なのか。コロナでの混乱が、「教科書は何年の持ってけばいいの？」に端的に表れている。夢にまで出る事態だったのだ。

短い表現でよい。足りないことを恐れない。このような端的な表現をもっと勧めたい。つぶやき、呼びかけ、さけび、ひとりごとも短い表現になる。それで焦点が絞られる。

小林先生のこと
　　板橋区立紅梅小　二年　ごとう　クロエ

「今日は、ほごしゃ会だよ〜。
　つくえの中　きれいにして。」
と言われました
でもさ
先生のつくえが
このクラスでいちばんきたないんだから
もう少し　やさしく言ってよ

（本書112頁）

前おきなしで、ズバッと始まっている。だから言いたいことがストレートにひびく。このように、短い詩にもっと、意識的に取り組んでもよいと感じている。

5　人間にはトリセツはない、正解のない世界に生きる

コンピュータは詩を書けない。また読めない。言葉の新しい表現が絶えず生まれる。新しい読みが絶えず生まれるからだ。詩は、言葉の創造的機能にかかわっている。(＊3)

一年生

板橋区立紅梅小　六年　井関　日奈子

一年生のお世話に行くと
一年生が何かを訴えるような目で
私を見てきます。
「どうしたの？」
って聞くと、何でもないらしいのです。
すごくふしぎで
何だかこわいです。
取りあつかい説明書があればいいのに。

（本書140頁）

確かにそうだ。取り扱い説明書があればいいのだが、人間には、そうもいかない。トリセツやコンピュータには回収されない。そこに詩も人間もある。そこに面白さもある。

そして、よく知っているはずの自分に対してのトリセツもまた、ない。だから文学が生まれる。詩も生まれる。

一年生だから…

町田市立小川小　六年　宍戸　経人

あまった時間にみんなでじゃんけん大会
一回戦、一人残った
二回戦、またあの子が残った
「すごいな〜。」
と思いつつ
三回戦、なんで勝ち続けていたか分かった…

あとだし

「どうするおれ。」

「六年生としておこるか。」

「いや、でも傷つくかな。」

「注意して、学校がいやになったらどうしよう。」

おれはゆるした。

いまでもそれが正解だと
自分に言いきかせている

（本書142頁）

ここにも、一年生に対してどう対応したらいいのか、迷いがある。そして、その対応の結果についての迷いもある。それは、自分の判断に対して向けられている。注意したほうがよかったのか。簡単には、結論が出ない、迷いのままに、生きていく姿がある。「自分に言い聞かせている」は、まだ、悩み続けること、問い続けることを意味している。簡単には結論が出ないこと、言いきってしまうと、どこかそぐわない、何か足りない、そういう感覚を大事にしたい。迷うこと、そこに成長がある。

子どもたちも、生活の場面では、正解のないことのほうが多い。そのなかで、迷い、悩み、考える。かんたんには結論を出さない。まとめない。そのなかで生きていくことが大事だと思う。

教師も同じである。教室の子どもたちが、扱いやすかったとしたら、きっと人間として見ていないからだ。扱いにくいことのなかにこそ、人間を見るのだ。わたしの反省を込めて言っておきたい。（＊4）

6　すぐそばにある本当を表現し読み合うことの心地良さ

子どもたちが、学校で学習していることは、おそらく大事なことばかりだろう。しかし、それらの多くは、自分の今、生活から離れて、抽象的な世界、間接的な世界になりやすい。その時、自分の生活経験や考え・思いをつづった作文や詩は、その溝を埋めてくれる。身近な自分たちの詩は、だから面白い、興味を引く。そこには私のホント、友達のホントがあるからだ（ホントと書いたのは客観的な真実を意味しているからではなく、自分たちにとっての確かめられることの意味である。身近な小さな本当と言ってもよい）。

ひみつ

杉並区立西田小　三年　三輪　千畝

ぼくは、こくはくした。
あいては何も言わなかった。
あいてのなまえは
いとうあやの
と言うんだ。
何も言わなかったのは
そりゃあ、そうだ。
ぼくは、字はあまりきれいではないし
べんきょうも、
すごくかしこいかと言われたら

そうでもない。
絵もあまりうまくない。
けれども、あいては
べんきょうもできるし
絵もうまいし、字もきれい。
ぼくにはあんな人はもったいない。

（本書116頁）

この作品ができたとき、教室で、みんなで読み合った。ひやかしは全くなかった。自分にも、きっとこんな経験があるからだろう。これが小さな本当だ。子どもたちは、この勇気、素直さに感動し、和やかな楽しい時間となった。

「子どもたちが、本当に書きたいことを書ければ、できた詩はみんないい。」東作協の研究集会で、金田一清子さんはこう言っている。実践的には、厳しいことだが、それに近づけたいと私も思っている。

この詩集「先生、こんどはあてて」には、子どもの小さな本当が詰まっている。どんな本当があるのかを、見つけながら、読んでほしいと願っている。

二〇二二年九月一五日　今井成司

＊1　「出会い」は、中野作文の会の実践報告から採った。記録では、題がついていなかったので、あとでつけてもらった。野長瀬正夫の『あの日の空は青かった』（金の星社）所収の「菜畑」を思い起こす作品だ。教室で、比べて読んでみるとおもしろいだろう。

＊2　定型詩には、歴史もあり、その良さがある。読みあうなかで、その豊かさを、味わうことができるだろう。ただ、児童詩の指導においては、これにとらわれないほうがよいと考える。

＊3　言葉には、伝達性（間違えなく伝える）と、表現性・創造性がある。説明文などは、伝達性を重視しているが、文学・詩においては、表現性・言葉の創造性（詩的機能）が、主になってくる。意味・内容にすぐには入っていけないとき、言葉のもとの意味だけでは、とらえられないとき、そこには、詩的・創造的機能が働いている。だから、そこにとどまって読むことになる。とらわれない、自由な読みが大事になる。

＊4　子どもたちを、ひとまとめにして、扱いやすくしている担任が、管理職から「力のある教師だ」と評価され、それを、疑わずに目指している若い教師を何人も見てきた。しかし、それでは、子どもを人間として見ていないことになる。教師も詩や児童詩にふれることで子どもを見直すことにつながっていくのではないかという期待がある。「わたしを束ねないで」（新川和江）を参照。

○協力者名簿

浅香　詠未
穴田　貴子
石井　潤平
石井　裕子
伊藤　佳世子
伊藤　章二
伊藤　捺那
伊藤　麻世
伊藤　浩子
今井　成司
井本　淑子
岩井　秀子
上野　久美子
氏家佳弥乃
宇野　敏夫
榎本　菜津美
遠藤　史幸
大森　芳樹
小木曽　すぴか
荻原　萌美
小澤　新也
神尾　玲子
上四元　徳文
岸田　真理
木下　典子
金田一　清子
窪田　光雄
熊谷　鴻志
栗林　栄子
栗原　佐知
黒岩　明生
黒田　賢一
越部　礼子
小島　久美子
小嶋　泰子
小西　美津江
小林　千春
小檜山　陽香
駒村　京子
坂元　文
佐久間　智幸
佐藤　恵子
佐藤　保子
清水　美智子
下田　郁代
杉野　千陽
菅沼　琢磨
鈴木　香名
鈴木　由紀
平　光子
高崎　広美
髙橋　あゆ
高見　桂子
瀧口　信晴
滝澤　絵里
多家　遥
田坂　恭子
田堂　悠
田中　智恵子
富岡　倫子
鳥海　静
長澤　元紀
中村　綾
那須　史樹
西原　幸子
西村　陽子
秦　純平
秦　智子
馬場　優
濱中　一祝
日置　雅人
日沖　達彦
平山　光子
広瀬　明子
藤井　藺子
保科　登喜子
星野　洋子
松井　優子
松原　成昌
松本　嘉子
三浦　千恵子
南　有紀
宮田　聖也
村木　紀彦
森　智恵子
森　朋子
森　恵
森山　美里
山口　佳子
山﨑　匠
山田　江里
横尾　真子
横山　雄一
吉井　裕美
吉澤　陽子
吉田　千絵子
吉野　光代
和田　佳菜子

○作品選考委員

伊藤　麻世
伊藤　佳世子
今井　成司
内山　沙紀
荻野　浩毅
小美濃　威
金成　素子
金田一清子
加瀬真善美
神尾　玲子
小柳　光雄
佐藤　保子
平　光子
髙橋　あゆ
高橋　捺那
多家　遥
平山　光子
古川　翼
保坂　操
森　朋子
森　恵
山口　佳子
吉井　裕美

＊作品の句読点は、作者の意図を尊重して、そのまま掲載しています。
＊作品掲載にあたり作者許諾をいただいてきましたが、卒業後の転居等で連絡のつかない作品があります。年刊文詩集「東京の子」掲載作品なので、そのまま転載させていただきました。ご存知の方がいらっしゃれば連絡いただけると幸いです。
＊作品指導者の下の（　）は「東京の子」の発行年度、ないものはこの度の応募作品です。
＊本書を授業で活用してくださると嬉しいです。その際は引用としてご使用ください。

●編集委員会
佐藤保子　（板橋作文の会）
赤木はるか（八南作文の会・八王子市立小宮小）
金成素子　（中野作文の会）
平　光子　（町田作文の会・町田市立忠生第三小）
森　恵　　（町田作文の会・町田市立山崎小）
山口佳子　（板橋作文の会・板橋区立蓮二小）

●東京作文教育協議会
代表　小美濃　威
事務局　山口　佳子
ホームページ https://sites.google.com/view/tousakukyo/

子ども詩集　東京の子
先生、こんどはあてて ～教室に広がる子どものホンネ、子どもの願い～

2023年3月25日　初版第1刷発行

編　者　東京作文教育協議会

発行者　浜田　和子
発行所　株式会社 本の泉社
〒112-0005 東京都文京区水道2-10-9　板倉ビル2階
電話 :03-5810-1581　Fax:03-5810-1582
mail@honnoizumi.co.jp　／　http://www.honnoizumi.co.jp

ＤＴＰ　田近　裕之
印　刷　亜細亜印刷 株式会社
製　本　株式会社 村上製本所

ISBN978-4-7807-2234-5　C6337